Selon la légende

© 2021 Ph. Aubert de Molay/Hispaniola Littératures

Édition : BoD – Books on Demand,
12/14 rond-point des Champs-Élysées, 75008 Paris
Impression : BoD – Books on Demand, Norderstedt, Allemagne

Chargée d'édition HL : Rose Evans (avec Paul Astapovo)

Collection 1 nouvelle

Photographies de couverture :

Ludivine Rastapopoulos (NH Niet Hydrocarbure)

et Nicolas Nieves-Quiroz (Unsplash)

ISBN : 978-2-3222-5090-5
Dépôt légal : Mai 2021

Selon la légende

nouvelle

Philippe Aubert de Molay

HISPANIOLA LITTERATURES

Collection 1 nouvelle

Son chef d'œuvre est une paix muette, solitaire, glacée, comparable à la délectation du néant.
Georges Bernanos, *Sous le soleil de Satan.*

Selon la légende

Devant, conduisant vers l'horizon, la route est parfaitement droite, disponible, propre pour ainsi dire, spectaculairement désemplie. Personne. Comme si tout était arrivé une fois pour toutes et qu'il ne restait plus aujourd'hui qu'un décor dont on ne sait que faire. Assis sur le capot d'un vieux tracteur disloqué, il se met à observer les variations de lumière dans la sphère posée à ses côtés. Un trésor, il pense en frôlant l'objet de la main. Celui-ci a la taille d'un ballon de football ou presque. Trouvée en chemin cette sphère. Grâce à elle circuler dans la géométrie. La décontraction de la largeur, l'assurance de la longueur, la dignité de la hauteur, le sérieux de la profondeur. Grâce à cette sphère, se raconter des histoires. Quand ça va mal ou le soir pour se trouver une raison de marcher le lendemain, regarder l'objet et rêver. Que faire d'autre ici-bas que de se raconter des histoires ?

La pluie fait ses commentaires, le froid récite, l'automne est à lui-même sa propre autobiographie. Le vent détaille ses souvenirs, le fleuve publie ses aventures. Tout est histoire. Tout est version.

Selon la légende, tout s'est arrêté un jour. Aussi simplement que je m'arrêterai moi aussi de fonctionner, il sait. Par épuisement des ressources et dans un cas comme dans l'autre, jusqu'à la dernière minute avant qu'il ne se produise, cet arrêt demeurera abstrait, pas cru possible du fait d'un espoir qui n'est rien d'autre que de l'aveuglement, une forme de vanité. Ou de peur bien naturelle. Le plus terrible dans nos vies c'est l'espoir. Demain je n'aurai plus mal à cette jambe, dans deux heures je bivouaquerai et pourrai enfin me reposer auprès d'un bon feu, plus tard du haut de cette colline je verrai du nouveau, un autre monde peut-être. L'espoir. Cette malédiction. Il représente le pire de ce qui existe sur terre car, inexplicablement, il ne meurt jamais – lui. Grande faiblesse de l'être humain : le déni de voir les choses en face. L'indestructible incrédulité devant l'évidence, sans doute ancrée dans le refus obstiné de moins accumuler. De devenir pauvre en plaisirs et en pouvoirs, en années, en action et en projets. En objets et possessions surtout. Si tragiquement risible cette crainte de moins posséder. L'arrivée de la mort, suprême expression de la crainte de manquer.

La tôle du tracteur est presque tiède. S'adoucissent à peine la grosse chaleur d'été, le plein soleil.

Ce calme.

Il décide de passer la nuit à la belle étoile dans la remorque, juste un petit nettoyage à faire. Aux alentours, le paysage d'été n'est pas vraiment impeccable. Des ossements de bovins ici et là, une carcasse momifiée de cerf là-bas – pas envie d'aller voir de plus près - des déchets de plastique partout vraiment partout, ces milliards de tonnes de plastique c'est démentiel. Comment est-il possible d'avoir produit cette monstrueuse quantité en si peu de siècles ? Il y a un poids lourd carbonisé sous les arbres. Paysage habituel. Mais comme d'ordinaire, il faudra faire comme si tout allait bien. Même avec ce camion semblable à une grosse créature noire tapie non loin. Qu'est-ce que vivre sinon faire comme si tout allait bien ?

Pour le souper : biscuits et fruits séchés. Des figues. Autrefois j'avais un beau figuier dans mon petit jardin, il se souvient. Ces larges feuilles comme des mains de géant, cette ombre bienfaisante, cette sorte de beauté simple. Les biscuits, on n'en trouve plus guère dans les ruines et souvent ils sont moisis. Plus tard, confortablement installé dans la remorque, il remue lentement la sphère (elle est lourde), indénombrables reflets dans la lumière s'éteignant.

Le rouge du soleil couchant fait penser à celui d'une opération chirurgicale tournant mal, il va falloir mettre la nuit en soins intensifs. L'univers est un bloc opératoire d'une vastitude inadmissible.

Il se dit j'ai de la route à faire demain donc il faut que je dorme sinon je vais passer une nuit atroce, je serai démoralisé épuisé et tout. Vaut mieux pas. Danger : serait tenté de m'assoir par là et de n'en plus bouger. Alors, avec application et maladresse, il s'évertue à dormir mais c'est impossible et la solitude se met à le tabasser pendant des heures le laissant pour mort lorsque l'aube diamantée daigne s'en mêler. L'accablante insistance des aubes, leur superbe. Se pourrait-il qu'une nuit il n'y ait pas de matin pour lui succéder ? Ce ne serait pas une si mauvaise nouvelle que ça, si ?

Et d'abord sphère, boule ou globe ? C'est quoi la différence il se demande. Ne sait pas. Il faudrait un dictionnaire mais une telle création humaine est bien difficile à trouver dans ce chaos. Compter sur un hasard charitable peut-être ? Un dictionnaire.

Hier soir tu pouvais contempler une brume brillante posée sur la forêt avec la lune dans ses fumées lumineuses, c'était une œuvre d'art. La sphère comme avec un feu allumé dedans, on aurait cru.

Au matin, il n'était pas content car le spectacle étant tellement beau, il s'était mis en tête de veiller toute la nuit pour en profiter. Mais l'endormissement tandis que la nuit devenait un grand musée déployant ses riches collections : les étoiles rivetées au firmament, les petits cris de cristal des rongeurs invisibles, l'émeraude luxueux des fougères. Art.

C'est bien simple, on aurait pu se croire dans le globe. (Et toujours pareil : tu veux dormir = pas moyen, tu veux veiller = le sommeil t'emporte. Jamais possible d'avoir ce qu'on veut). Lui traverse parfois l'esprit que : dans le temps, il parait que les gens passaient la nuit en sécurité dans des lits propres, au coeur de maisons paisibles. C'était avant. Avant que tout ne s'arrête. Que tout change.

Au petit matin, lavé la sphère dans un ruisseau. Dans son écrin de résine, le bois semblait vivant. Eu l'impression qu'il allait parler, a attendu que cela se produise mais non. Mutisme, encore et toujours.

Avant de repartir, il récite sa petite prière quotidienne extraite d'un vieux livre et conservée pieusement dans une boîte en fer blanc de galettes bretonnes : *Dans nos sociétés, très peu de gens savent aujourd'hui survivre sans supermarché, sans carte de crédit et sans station-service. Lorsqu'une société devient hors-sol, c'est-à-dire lorsqu'une majorité de ses habitants n'a plus de contact direct avec le système-Terre (la terre, l'eau, le bois, les plantes, etc.), la population devient entièrement dépendante de la structure artificielle qui la maintient dans cet état. Si cette structure, de plus en plus puissante mais vulnérable, s'écroule, c'est la survie de l'ensemble de la population qui pourrait ne plus être assurée (Servigne & Stevens, 2015)* ». Vieux mantra qu'il lit chaque matin.

Au moins désormais on laisse tranquille les mauvaises herbes. Les arbres grandissent là où ils veulent, les animaux revivent selon leurs lois, l'homme ne dicte plus son ordre maudit, sa marchandisation obsessionnelle. Depuis les lents scarabées dans les sous-bois jusqu'aux puissantes tempêtes d'hiver, tandis que les rivières vont enfin où elles désirent, tout respire, tout fait comme il l'entend, tout est libéré. Cela existe sans nous, il a fallu l'accepter. Et voir des forces émancipées à l'œuvre. Monde inaccoutumé et neuf. Révolution.

Enfant, il avait vécu avec des gens. Il gardait le souvenir d'une jeune femme qui explorait sans relâche les décombres du monde d'avant pour trouver des livres. Ces derniers, en bon état, étaient rares. Cette femme lui avait patiemment appris à lire. Puis ils étaient tous morts sauf lui. Exterminés par d'autres personnes, eux-mêmes s'étant ensuite entr'égorgés sous ses yeux. Depuis il était resté seul. Plus jamais rencontré quelqu'un. Lors de la tuerie, il avait huit ou dix ans, mettons.

Maintenant, le monde est déserté. C'est vide.

S'il avait dû dire son âge actuel (ce qui n'avait rigoureusement aucune importance aujourd'hui), il aurait dit que cela se situait entre vingt et trente ans sans doute. Quelque chose comme ça. Mais les années ne représentaient plus rien, elles non plus. Dates et calendriers, heures et mois, du passé.

C'est la mi-journée, route chaude, petite halte. Un peu partout, la puissance végétale encorne le bitume, déloge les cailloux, troue la chaussée. La végétation bâche les squelettes de véhicules, parfois passer la nuit dans la cabine pas trop terreuse d'un poids lourd. Toute cette technologie en panne.

La beauté sobre d'une enfilade de platanes.

Plusieurs troncs avec des griffures d'une si grande taille. Mais quel animal a-t-il pu lacérer ainsi le bois sur une telle profondeur ? Et c'est effrayant et évident : avec une telle rage ? Immobile pendant de longues minutes, il se demande quoi faire, serrant à s'en faire mal son couteau de chasse. Si précieux couteau, arme amicale. Ne penser qu'aux griffures.

Un fauve. Mais lequel ? Quand tout s'est arrêté, les hyènes, les lions, les grizzlis et autres : tous échappés des zoos. Sans compter les gros chiens en meutes. Une bête cachée, l'épiant peut-être ? Le pistant. Pas la première fois, déjà vu des arbres déchirés de la sorte, mêmes marques. Mais là il y en a beaucoup plus. Il se dit je dois me débarrasser de mon odeur de poussière et de sale, de mauvaise nourriture et d'habits si longuement portés : danger. Avec cette puanteur, la bête peut facilement être à mes trousses. Me piéger. C'est décidé, dès la prochaine rivière, prendre un bain vigoureux. Mais d'abord trouver des vêtements propres dans une maison par là. Des habits oubliés des souris.

Errance

Ambulation

Traversée

Déportation

Emigration

Exil

Vivre consiste à se rendre quelque part enseigne un vieux mantra. Pourtant pas d'autre endroit où aller que sa propre vie.

Il aime bien les mots. Chacun d'eux est un petit monde fermé sur lui-même, une modeste mais coquette maison bien close avec des portes et des fenêtres ouvrant sur le grand jardin où tu peux voir d'autres mots, d'autres sens, d'autres histoires.

Tu es fabriqué de mots, il sait, d'une quantité invraisemblable de mots. Ton sang est une longue phrase bavardant dans cette compression d'idées : ton corps. Tu es un bloc d'idées cherchant ses mots.

Parcours

Trajectoire

Plus guère de livres dans les ruines, le papier s'est décomposé. Humidité, fournaise, etc. Aussi, lire tout ce qu'on trouve. Si on ne lit plus, on désapprend la lecture ? Pour écarter ce malheur, il collectionne sous pochette plastifiée de miraculeux petits morceaux d'écriture. Pages de livres ou de journaux, notices, courriers : *La méthode industrielle. Cette méthode, employée depuis les années 1980 dans les grands ateliers de découpes industrielles, ne répond qu'à un seul besoin, la rentabilité de l'opération. En règle générale, ce sont des ouvriers tâcherons qui désossent la viande. Ces personnes, qui sont rémunérées au kilogramme de viande brute, sont obligées d'effectuer de gros tonnages journaliers.* Ou bien : *Vous ne regarderez plus votre bague de la même façon. Les astrophysiciens pensent désormais connaître l'origine de l'or : le métal précieux serait le fruit de la collision ultra violente entre deux étoiles à neutrons il y plusieurs milliards d'années. Un choc si fantastique qu'il aurait propulsé l'équivalent de dix lunes d'or massif dans l'Univers, dont les pépites terrestres sont la preuve.* Sa relique préférée, ésotérique : *Vous avez fait une demande de duplicata de carte grise mais votre titre est immobilisé par les forces de l'ordre. Nous vous remercions de faire lever cette immobilisation afin de pouvoir donner suite à votre demande, Le Ministère de l'Intérieur.* Antique croyance : *Un autre signe parut encore dans le ciel : tout à coup on vit un grand dragon rouge ayant sept têtes et dix cornes, et sur ses têtes, sept diadèmes ; de sa queue, il entraînait le tiers des étoiles du ciel, et il les jeta sur la terre. Puis le dragon se dressa devant la femme qui allait enfanter afin de dévorer son enfant, dès qu'elle l'aurait mis au monde.* » Du temps où les gens se soignaient : *Les effets indésirables suivant surviennent fréquemment (1 à 10 personnes sur 100) : hallucinations, cauchemars, dépression, vertiges, confusion, atteinte du foie, brusque gonflement du visage et/ou du cou pouvant entraîner une difficulté à respirer et mettre en danger le patient.* Et des choses franchement illisibles, inconnaissables, muettes et douloureusement insonores, ruines émouvantes d'une langue plausiblement anéantie, que tu ne saurais pas même prononcer, mystère des mystères, idiome sacré, liturgie sans culte ni foi : Да здравствует свободный советский анархист-эколог и популярный. Lettres enterrées, alphabet irréparablement au tombeau, grammaire cassée.

Et là, précieuses traces d'une science ancienne :
Le volume d'une boule se calcule en multipliant par quatre tiers puis par π le rayon de cette boule élevé au cube. Définition : une sphère de centre O et de rayon r correspond à l'ensemble des points situés à une distance r du centre O. La section d'une sphère par un plan correspond à un cercle dont le centre est situé à l'intersection de ce plan et du rayon perpendiculaire à ce plan.

Petits bouts de papier dans ma pochette plastique. La fête lorsque j'en trouve quelque part un nouveau.

Ernährung/Nutrition : Fleisch/ Fleischerzeugnisse - Modell eines Eigenkontrollsystems, Österreichische Zeitschrift für Wissenschaft, Technik, Recht und Wirtschaft, Sonderausgabe, (Wien 1996).

Évacuation en mer des déchets de " l'énergie propre " : des années 1950 jusqu'en 1982, plus de 100 000 tonnes de matières radioactives ont été déversées dans des conteneurs en béton au fond de l'Océan atlantique et de la Manche. Envoi de déchets dans l'espace encore au point théorique. Cependant des sondes spatiales ont déjà été envoyées chargées de matières radioactives.

Codes BK 32 : 1011Z Transformation et conservation de la viande de boucherie 1012Z Transformation et conservation de la viande de volaille 1013A Préparation industrielle de produits à base de viande mélangée 1020Z Transformation et conservation de poisson, crustacé et mollusque de pêche non durable 1039V Transformation et conservation d'insectes 1040LM Fabrication de guirlandes et boules de Noël plastiques 1041B Fabrication d'huiles et graisses raffinées végétales, non végétales, para végétales, exopluri végétales.

ձեր կենցաղային սարքը ինքնարժեքով և կենսաքայքայվող էկոլոգիական նյութերով

Pinguinus impennis Grand Pingouin (Alca impennis). Mesurant 75 cm de haut, le Grand Pingouin, incapable de voler, était le plus grand représentant des pingouins. Il fut chassé jusqu'à l'extinction pour la nourriture et pour le duvet utilisé pour la fabrication de matelas. Le dernier couple a été tué le 3 juillet 1844 vers 15 h 00. Puma de Nouvelle Angleterre (Puma concolor couguar) déclaré officiellement éteint en 2011 par le ministère américain de l'Environnement (U.S. Fish and Wildlife Service FWS). Dauphin du fleuve Yang-Tsé (Lipotes vexillifer), éteint en 2007.

大狗放在传统的文化　亮的白菜(**神话的国家的**东方　第6版.**大狗放在**传统的文化亮的白菜(**神话的国家的**Stundt东方，第版. Ah il est beau celui-là. Me plait. Magie de ces petits signes élégants et comme dessinés. **大狗放在**传统的文化　亮的白菜(**神话的国家的**东方　第6版.**大狗放在**传统的文化亮

Soudain une balançoire sous la pluie fine. Elle remue doucement. C'est comme si un fantôme la poussait. Et que – encore plus fantôme que lui – un enfant se tenait sagement assis sur le siège. Tous deux dans un silence approfondi et irrattrapable. Ils passent ici leur éternité au beau milieu des feuilles mortes pourrissantes, de cinq ou six sacs-poubelles éventrés par les chiens errants, de jouets de plastique décoloré tels que ce tricycle Roi Lion.

Boîtes de bière capables de scintiller encore un peu sous la lune. C'est une arrière-cour cordée d'une dentelle de grillage rouillé où si ça se trouve on aura fait moyen d'être heureux avant que tout ne finisse mal. Dans ce village comme dans n'importe quel autre village tout le monde est mort. Pourquoi ne meurt-il pas lui aussi ? (il se demande. Trop jeune ?). Cette solitude qui en voudrait ?

Ne lui reste que le déplacement. Cette traversée du rien sous la pluie. Aller ailleurs pour habiter un *emploi du temps*. Vivre consiste à se rendre quelque part enseigne donc un vieux mantra.

Il a parcouru des centaines de kilomètres depuis l'effondrement. Des années de marche. Avec le sentiment – mieux la certitude – que tout s'éclairera au bout de la route. Qu'il faut y aller. Que c'est là-bas que. Viendra l'explication. Alors continuer, ne pas s'attarder. Faire. Avoir un programme. Porter ses pas. La route la route la route. Être en route.

Vagabondage

Acheminement

Trekking

Exploration

Je ne fais rien d'autre que fabriquer du temps perdu.

Et si ce n'était pas un animal ? Les griffures sont peut-être produites par une machine ? Un engin de débardage. L'un de ces tracteurs munis d'un treuil permettant de remorquer et déplacer des troncs coupés de grande longueur. On appelle ça un débusqueur ou un skidder. Vu parfois ces machines sur la route. Et dans son sac, trouvé quand il était petit, au début du voyage, un vieux catalogue de machines de bûcheronnage. Les pages sentent l'huile, c'est comme une chaleur ancienne, le monde perdu des moteurs. Il aime lire ce psaume antique : *La tête d'abattage est un module mécanique plurifonctionnel, il prend l'arbre, le sectionne, le couche et le baise* (on dit comme ça ?) *en l'ébranchant, l'écorçant et le découpant en billons de longueur programmable*. En tout cas, les griffures sont visiblement récentes très récentes. Éraillures cicatrices mutilations décousures. Morsures si ça se trouve. Des énormes dents. C'est peut-être un animal en fait ? Car les moteurs se sont tus depuis longtemps. Zéro tapage de diesel, motricité, réacteur. Une nouvelle espèce, ravageuse d'arbres ? Peur. Ours ? Loup géant ? Ce petit catalogue de machines de bûcheronnage aux pages lues relues usées est le plus vieil écrit qu'il possède.

Une
Bête
Hideusement
Funeste

Bien sûr il y a eu des jours (en fait c'était plutôt des soirs) où il aurait voulu qu'une personne l'accompagne. Prendre soin l'un de l'autre. Se parler. Faire au mieux, deviner. Garder un dîner au chaud. Jouer le jeu. Les nuits d'hiver, ce réchauffement de l'âme produit par le corps serré contre soi, chacun étant une sorte de combustible pour l'autre. Des bras comme un abri. Sans questionnement, être dans un amour simple. Il se moque : pourquoi ai-je en tête ce genre de conneries à l'eau de rose ? Sous sa protection plastifiée, cet extrait d'un roman inconnu : *La vie est une piscine vide. L'amour est le plongeoir.*

Emprisonné dans l'immensité. Comme si le blanc des cartes était revenu. Castille, Okavango, Haut-Jura, Kamchatka, Grande et Petite Sosonie, Bavière, Laponie, Guyane, les îles de Fer, Abyssinie, Zanzibar, Kansas et Arkansas. Parfois en arpentant un territoire, il lui donne un nom. Nommer c'est inventer. Selon le paysage, éprouver le remuement des émotions, le renversement des humeurs. Subir l'ingérence de l'imagination. Et la dictature des souvenirs. En retenir ce qui devient refrain : l'apaisement des forêts, la petite inquiétude d'une traversée à découvert des prairies, la consolation des plages. Il y a aussi la déférence – peut-être même de la piété – devant les cascades et sur la berge de certaines rivières dignes.

Dans un supermarché empli de tondeuses à gazon jamais utilisées et désormais habité par des sangliers, mis merveilleusement la main sur un dictionnaire illustré de botanique. Mots étranges. Phanérogame, gamétophyte, gamétocyste, spore, sporange, mégaspore, nucelle, zoïde, archégone, drupe, sympodial, tonal, cyme. Il ignore pourquoi mais son préféré est zoïde. Nucelle c'est bien aussi. La difficulté est de croiser une seule fois en bord de route ou dans le secret d'un ancien jardin ne serait-ce qu'une seule fleur dessinée dans l'ouvrage, à croire qu'elles ont toutes été inventées. Nommer c'est inventer. Le savoir fait de nous des affabulateurs. Il y a aussi les pages sur les arbres. Saule tremble aulne frêne noyer tilleul. Leur silhouette leurs feuilles. C'est comme d'apprendre à lire une seconde fois. Figuier pommier cerisier.

Dans une prairie où traîne une baignoire abreuvoir, la sphère est posée en équilibre sur un gros piquet de clôture. Penché vers l'objet, il regarde au travers. Et voit enfin. Il se redresse et aperçoit les troncs coupés là-bas, au sol depuis une éternité. Cet empilement de bois, c'est comme dans la boule. Cette dernière est la reproduction du paysage, sa miniaturisation, à moins qu'il ne s'agisse du contraire : la prairie serait la réplique de la sphère ? Le même bois couché, la même chorégraphie offerte par l'air lumineux. Il contemple et admire cette étrange concordance du visuel.

Selon la légende, c'est à cet instant que le marcheur entend quelque chose d'énorme griffer des troncs derrière lui, pas très loin. Saisissement de peur. Je ne me retourne pas, il pense je ne cours pas je ne veux rien savoir de la bête à quoi bon ? Ce qui déchire les troncs est quelque chose qui n'existe pas mais commence toutefois à habiter ce monde. C'est apparu, c'est là. Un peu comme une maladie s'imposant, comme une mort devenue intimement présente. Mais l'essentiel reste de ne rien vouloir savoir. Fin de journée, les lointains rosissent comme un feu sur le point de s'éteindre. Il voit bien que tout se déroule sans lui, alors il se sent minuscule. Dans le gémissement des arbres blessés, tandis que Quelque Chose se rapproche, continuer d'avancer un pas après l'autre. Ce qui va le rattraper semble presque aussi vorace qu'un être humain.

Se souvenir : l'autre soir, l'orage le galvanise. Il se peint d'ombre, se dore de foudre, s'ennuagise. La sphère brille dans l'air métallique et il l'étreint. Danse avec elle. Il chante sa guerre, hurle, rugit, boit la pluie battante, danseur. Sorcier. Boxeur frappant le ciel inondé, cognant le haut et le bas, le lointain et le proche. Sculpteur d'averse. Dans sa petitesse, il se bat. Combattant. Ses pieds nus dans les flaques d'eau. L'orage et lui, une pièce de théâtre dont il est l'unique comédien et le seul spectateur. Avec la boue on aurait pu croire que ses jambes étaient des branches d'arbre. Sortilège.

En fait, la sphère, il ne l'a pas trouvée au début du voyage. Lorsque la femme qui lui a appris à lire était mourante, blessée par des gens, elle a dit : *C'est ce que j'ai de plus précieux, je te le donne. J'ignore qui a fabriqué ça. Et à quoi ça servait. Comme je suis ta mère, je sais juste que c'est pour toi.*

Alors, même s'il marche sans se retourner, la route se finit. Après des prairies, un grand lac s'étend devant lui et il n'a aucune idée de quoi faire de toute cette eau. Et n'est pas plus avancé avec le ciel. Trop d'espace, trop de bleu inexpressif, habituel, abandonné. Une odeur de mousse et de plantation morte, de soir, sature la rive. Le cri lointain d'un rapace serait de trop pour rendre le paysage encore plus insupportablement triste. Mais les oiseaux n'existent plus depuis bien longtemps. Anonymat des futaies. Zéro barque bien sûr, pas même un ponton ou quoi que ce soit pour rappeler qu'il y a eu des gens sur terre. Un silence de dimanche. Trop voulu voir un signe de vie. Autrefois : le bourdonnement d'un bateau à moteur, un chien amical en exploration, l'avion clignotant entre les premières étoiles. Même plus le courage de sortir le globe du sac pour imaginer quelque chose et se sentir mieux. Pour communiquer avec le bois dans sa résine. Rien faire rien dire.

C'est l'endroit de l'arrivée.

Tandis que la nuit semble simultanément descendre des altitudes et monter des profondeurs pour détruire toute visibilité, on sait bien que tout est fini, qu'il est trop tard pour tout. Il regarde longuement les petites rides formées par le peu de vent à la surface brasillante du lac, ces ondulations neutralisées dès qu'elles se couchent sur la plage poussiéreuse et pleine de déchets en plastique. Un baril d'huile aussi qui traîne. Les inévitables boites de bière en aluminium terni. Le souffle de la bête à proximité, comme une chaleur, crissements des griffes : ne pas se retourner. Feulement devenu clameur : comme s'il y avait toute une meute de Quelques Choses derrière lui. Ensuite les secondes passent, on dirait qu'elles aggravent le jour.

Selon la légende, il construit alors un petit radeau. Mais ce n'est pas lui qui part. Sur l'esquif, il dépose la sphère, entre dans l'eau froide jusqu'aux chevilles pour la pousser et elle s'éloigne bientôt vers le large comme si le lac la voulait. Saurait en prendre soin. Vivre consiste à se rendre quelque part enseigne toujours le vieux mantra. Plus tard, entre deux feulements, refusant de regarder ce qui le flaire, adossé au crépusculaire tronc rouge d'un grand pin, il entrevoit que la fin de l'histoire c'est quand on ne sait vraiment plus où aller.

(*Selon la légende*, 2018. Nouvelle publiée en première version in *Cueilleur d'éclats*, beau-livre collectif, hommage au sculpteur YaNn Perrier, éditions Souffle court, 2018).

Avec le soutien de Rose Evans, Olivier Millet (*Hispaniola Littératures*) / Ludmilla de Monfreid et Zoé Agbodrafo (*Totemik CrowFox*) / Merci à YaNn Perrier, Philippe Vieille, éditeur Souffle court, Karma Ripui-Nissi, Georges Bernanos / поцелуи от политбуро / **Selon la légende** / Éditrice : Rose Evans / Photographie de couverture : Ludivine Rastapopoulos, agence NH Niet Hydrocarbure et Nicolas Nieves-Quiroz, agence Unsplash / Mise en pages : Zoé Agbodrafo / Dépôt légal mai 2021 / ISBN 9782322250905 / Imprimé en Allemagne / www bod.fr / www.aubert2molay.vpweb.fr / www.yann-perrier.com / © Ph.A2M, 2021 © Hispaniola Littératures, 2021 / © YaNn Perrier, 2021.

www. aubert2molay.vpweb.fr

**du même auteur chez Hispaniola Littératures,
disponible en librairie et sur le site BoD**

Collection L'Inimaginée
(Littérature de l'imaginaire)
-PETIT TRAITE DE SORCELLERIE ET
D'ECOLOGIE RADICALE DE COMBAT
-DOULEUR FANTÔME

Collection L'imaginable
(Littérature blanche)
-SAPIN PRESIDENT

Collection 1 nouvelle
-TOUTE PETITE FILLE DES DRAGONS
-SUPERETTE
-LA HAUTEUR
-LA MORT DE GREG NEWMAN
-DIX ANS AVANT LA NUIT
-SELON LA LEGENDE
-S'ENFERMER DANS UNE CABANE ET ECRIRE
-EN MARCHE
-LECON DE TENEBRES
-L'HIVER 1877 DE MISS EMILY DICKINSON
- LA ROUSSEUR DU RENARD
-TECHNIQUES DE VOL HUMAIN
EN CIEL NOCTURNE
-LA FEE DES GRENIERS
-ROUTE DU GRAND CONTOUR
-LE DOCUMENT BK 31
-LA REPUBLIQUE ABSOLUE
-LA BONNE LONGUEUR DE MECHE
-KANSAS ET ARKANSAS

chez Souffle court
-BOXER DANS LE VIDE
-PERSONNE N'EST MORT

Collection 1 nouvelle